AF586034

1861. 25 Mai

CATALOGUE

D'UN BEAU CHOIX

D'ESTAMPES

ET DE

DESSINS

ANCIENS ET MODERNES

DONT LA VENTE AURA LIEU

HOTEL DES COMMISSAIRES-PRISEURS

Rue Drouot, n° 5

SALLE N° 3

Le Samedi 25 Mai 1861, à une heure.

EXPOSITION LE VENDREDI 24 MAI 1861

Me DELBERGUE-CORMONT, Commissaire-Priseur.
M. BLAIZOT, Expert.

—

1861

M^r De la Borde a la B. B

RENOU ET MAULDE

IMPRIMEURS DE LA COMPAGNIE DES COMMISSAIRES-PRISEURS

Rue de Rivoli, 144.

CATALOGUE

D'UN BEAU CHOIX

D'ESTAMPES

ET

DE DESSINS

ANCIENS & MODERNES

DONT LA VENTE AURA LIEU

HOTEL DES COMMISSAIRES-PRISEURS

Rue Drouot, n° 5

SALLE N° 3

Le Samedi 25 Mai 1861, à une heure.

EXPOSITION LE VENDREDI 24 MAI 1861

Me DELBERGUE-CORMONT, Commissaire-Priseur.

M. BLAISOT, Expert.

1861

CONDITIONS DE LA VENTE.

Elle sera faite au comptant.

Les Acquéreurs paieront, en sus des adjudications, CINQ POUR CENT applicables aux frais de la vente.

Les Lots composés de plusieurs Estampes ou Dessins pourront être divisés.

ESTAMPES

ALTERDORFER

1 — Le Sacrifice d'Abraham; la grande grappe de raisin. B. VIII, nº 76. 2 pièces, belles épreuves.

ANDREANI

2 — Cinq pièces de la suite des Evangélistes, d'après le Parmesan. Camaïeux.

ANONYME (DE L'ÉCOLE ITALIENNE)

3 — Portrait de Pietro Enriquez, comte de Fuentes (avec la vue de Cambray dans le fond); pièce gravée à l'eau-forte. Belle épreuve.

AUGUSTIN VÉNITIEN

4 — Hercule étranglant les serpents. — B. XV, nº 315. Belle épreuve.

BALECHOU (J.)

5 — Sainte Geneviève, d'après Carle Vanloo. Très-belle épreuve avant les raies.

BARRIÈRE (DOMINIQUE)

6 — Vues et ports de mer. Huit pièces.

BEAUVARLET (J.-F.)

7 — La Confidence, d'après Carle Vanloo. Très-belle épreuve avant toute lettre, avec sa marge.

8 — La Sultane. Très-belle épreuve avec la lettre. Toute marge.

BEIN, DUBOSCQ, LEROUX, ETC.

9 — Suite de vignettes et portraits pour les Œuvres de Molière. Dix-huit pièces avant la lettre sur papier de Chine.

BERGHEM (NICOLAS)

10 — Moutons, chèvres, béliers, etc. Onze pièces.— Belles épreuves.

11 — La Chèvrière ; moutons et chèvres. Sept pièces.

BETTELINI

13 — La Madone del Velo, d'après Raphaël. Très-belle épreuve avant toute lettre.— Collection Landseer.

14 — Portrait de Galilée, d'après Passignani.

BIONDI

15 — Sainte Cécile, d'après Carlo Dolci. Très-belle épr.

BOLSWERT (S.)

16 — Portrait d'André Van Ertuelt, d'après Van Dyck, ancienne épreuve.

BONASONE (J.)

17 — Le Cheval de Troyes. — B. 85. Très-belle épreuve.

BREBIETTE

18 — Le Triomphe de Bacchus. Sept pièces gravées à l'eau-forte. Épreuves avec l'adresse de Ciastres.

BRIOT

19 — Différents oiseaux gravés à l'eau-forte. (*Mariette, excudit*). Quinze pièces.

CARRACHE (Annibal)

20 — Suzanne et les vieillards. B. XVIII. Très-belle épr. — Le Serpent d'airain, d'après Louis Carrache.

21 — Mercure apportant la pomme d'or à Pâris; pièce gravée à l'eau-forte. B. XVIII. — Très-belle épr.

CHEREAU (Le Jeune)

22 — Portrait de Michel de Montaigne. Très-belle épr.

DADDI (Le Maître au Dé)

23 — Jeux d'amours, d'après Raphaël. B. XV, nº 30. — Belle épreuve.

24 — L'Envie chassée du Temple des Muses, d'après B. Peruzzi. B. XV. — Ancienne épreuve.

DALEN (C. Van)

25 — Portrait de l'Arétin. Très-belle épreuve avant la lettre.

DE GHENDT, GIRARDET & SIMONET

26 — Suite de vignettes pour Télémaque, d'après Moreau. Vingt-six pièces, épreuves avant la lettre.

DESNOYERS (A.-B.)

28 — La Visitation, d'après Raphaël. Très-belle épreuve avec la lettre grise. (Papier de Chine.)

DIETRICH (Ernest)

29 — Le Marchand de mort-aux-rats. Très-belle épreuve.

DREVET (P.)

30 — Portrait de François de Mailly, d'après Vanloo. Très-belle épreuve.

DUPUIS (Ch.)

31 — Mariage de la Vierge, d'après Carle Vanloo.

DURER (Albert)

32 — La Vierge au singe. Ancienne épreuve.

33 — La Vierge au papillon. Ancienne et belle épreuve.

DUSART (Corneille)

34 — Le Violoneur, intérieur de tabagie. Ancienne épr.

EDELINCK (G.)

35 — Portrait de Philippe de Champaigne. Ancienne épr.

FELSING (T.-S.)

36 — Jésus-Christ avec les Pharisiens, d'après Léonard de Vinci. Magnifique épreuve d'artiste avant la lettre.

FORSTER (F.)

37 — Portrait de Raphaël à l'âge de quinze ans. Superbe épreuve avant la lettre, sur papier de Chine. Toute marge.

GARAVAGLIA

38 — Béatrix Cenci, d'après Guido Reni. Belle épreuve.

GESNER (Salomon)

39 — Paysages et titre de l'œuvre. Trois pièces gravées à l'eau-forte. Belles épreuves.

40 — Cinq pièces, belles épreuves.

GHEYN (J. De)

41 — François Ier après la bataille de Pavie; Charles Quint après la bataille de Mulhberg; les exploits de Charles-Quint. Quatre pièces, d'après Tempesta. Belles épreuves.

GHISI (Adam)

42 — Des Pêcheurs relevant leurs filets. Pièce gravée, d'après Jules Romain.

HOLLARD & WILSON

43 — Diverses vues d'Italie et paysages gravés à l'eau-forte. Treize pièces.

HOUBRAKEN

44 — Portrait d'Arnold Drakenborch, d'après Quinkard Très-belle épreuve.

45 — Portrait de Nicolas Struyck, d'après Quinkard. Belle épreuve.

46 — Portrait de François Miéris *(se ipse pinxit)*. Très-belle épreuve. (Collection Otto.)

47 — Portrait de Peter Van Muschenbrock, professeur de la Faculté de Médecine, d'après Quinkard. Très-belle épreuve.

JARDIN (Karel du)

48 — Les trois Cochons devant l'étable. Ancienne épr.

JODE (Petrus De)

49 — Portrait d'André Colyns, sculpteur, d'après Van Dyck. Ancienne épreuve.

LAUWERS (N.)

50 — L'Extase, sainte Cécile, d'après G. Seghers. Très-belle épreuve.

LEEUW (Will. De)

51 — La Chasse aux loups, d'après Rubens. Ancienne épreuve.

LÉPICIÉ (Élisabeth-Marlié)

52 — Le Contrat de mariage, d'après Carle Vanloo. Très-belle épreuve.

MARC DE RAVENNE

53 — Dieu ordonnant à Noé de bâtir l'Arche. (Copie de l'estampe de Marc-Antoine.)

MAROT (Jean)

54 — Livre des bâtiments. Quatorze pièces. Belles épr.

55 — Divers vases et modèles de jardins. Vingt-six pièces.

MASSARD (J.)

56 — Charles Ier, Henriette de France, et leurs enfants, d'après Van Dyck. Belle épreuve.

MASSARD (R.-U.)

57 — Les Funérailles d'Atala, d'après Girodet. Très-belle épreuve avant la lettre.

MERCURY

58 — Sainte Amélie, d'après le tableau de Paul Delaroche. Très-belle épreuve sur papier de Chine.

Monogramme N. F.

59 — Trajan entre la ville de Rome et la Victoire; copie gravée d'après Marc-Antoine, par un anonyme. Belle épreuve.

MORGHEN (Raphael)

60 — Les quatre Poètes italiens: Dante, Pétrarque, Arioste et Tasso, d'après Tofanelli. Très-belles épreuves.

PERELLE

61 — Divers bâtiments et paysages. Quatorze pièces. Belles épreuves.

PERFETTI (ANTOINE)

62 — Portrait de Cosme de Médicis, père de la Patrie, d'après Pontormo. Belle épreuve.

PETIT (G.-C.)

63 — Portrait de Charles Arnault de Pompone, d'après Vanloo. Très-belle épreuve, avec toute marge.

PODESTA (ANDRÉ)

64 — Bacchus et Satyres, belle composition gravée à l'eau-forte.

PORPORATI

65 — Le Bain de Léda, d'après le Corrège. Très-belle épreuve avant la lettre.

QUINKARD (JEAN-MAURICE)

66 — Son portrait, gravé à l'eau-forte, par lui-même. Epreuve avant la lettre.

RAIMOND (MARC-ANTOINE)

67 — La Bataille au coutelas. B.—211. Très-belle épr.

REMBRANDT

68 — La grande Résurrection de Lazare. Ancienne épr.

REMBRANDT (D'après)

69 — L'Ecce Homo et la Descente de croix. Deux pièces gravées à l'eau-forte.

RIBAUT, ROGER, SIMONET, etc.

70 — Suite de vingt-quatre vignettes, d'après Moreau, pour les œuvres de Pierre Corneille. Belle épr.

ROBERTI

71 — Six paysages et vues diverses. Très-belles épreuves avant les numéros.

SALANDRI (V.)

72 — Portrait de Michel-Ange de Caravage, d'après G. Ciardi. Belle épreuve.

SCHONGAUER (Martin.)

73 — Les deux Hommes et la femme. B., tome 6, n° 15. Belle épreuve.

STRANGE

75 — Charles Ier avec le duc Hamilton, d'après Van Dyck. Magnifique épreuve avec la lettre grise (dite avec la petite ligne), toute marge.

76 — Vénus et Danaé, d'après le Titien. Très-belle épr.

77 — Vénus parée par les Grâces, d'après Guido Reni. Très-belle épreuve.

TANJE

78 — Portrait de Joannes Esgers, d'après Quinkard. Belle épreuve.

ULIET (J.-G. Van)

79 — Les Arts et Métiers. Dix-huit pièces. Très-belles épreuves, suite complète.

WATERLOO (Antoine)

80 — Douze paysages, gravés à l'eau-forte. Anciennes épreuves.

WATERLOO (Antoine)

81 — Paysages et vues diverses, gravés à l'eau forte, nos 22, 23, 24, 26, 28, 29, 31, 32. Belles épreuves.

82 — Quatre des grands paysages, sujets mythologiques. B. nos 108, 125, 127, 128. Belles épreuves.

83 — Paysages divers, gravés à l'eau-forte. Dix pièces. Belles épreuves.

WEIROTTER

84 — Paysages et vues diverses, gravés à l'eau-forte. Cinq pièces. Belles épreuves.

85 — Paysages et vues, gravés à l'eau-forte. Cinq pièces.

WILLE (J.-G.)

86 — Le Concert de famille, d'après Schalken. Très-belle épreuve.

87 — Les Musiciens ambulants, d'après Dietrich. Très-belle épreuve.

88 — Les Offres réciproques, d'après Dietrich. Très-belle épreuve.

89 — Le Maréchal des logis, d'après P. A. Wille fils. Très-belle épreuve.

90 — L'Observateur distrait; Maîtresse d'école; petite Ecolière, d'après Schenau, etc. Trois pièces. Belles épreuves.

VISCHER (Corn.)

91 — Portrait de Henri Du Booys, d'après Van Dyck. Ancienne épreuve.

92 — Quelques Pièces, par et d'après Albert Durer, Marc Antoine, J. Bonasone, Ribera, Teniers, Dietrich, etc., seront vendues sous ce numéro.

DESSINS

ALBANE (Fr.)

93 — Neptune et Amphitrite; Jupiter déchaînant les vents. Deux dessins à la plume lavés de sépia.

AUDEN (J.

94 — L'Histoire écrivant, appuyée sur les aîles du Temps; Soldat romain. Deux dessins à l'encre de Chine et à la sanguine

BOUCHER (François)

95 — Deux charmantes petites Miniatures sur vélin ; Amour et Psyché; Jupiter et Léda. Huit centimètres de largeur sur six centimètres de haut.

BERGHEM (Nicolas).

95 bis — Moutons et vache au repos. Très-beau dessin à la pierre noire lavé d'encre de Chine.

BOURDALLET

96 — Deux beaux Paysages dessinés à la plume ; ils représentent des Vues de Suisse. Ces deux dessins, de la plus grande beauté, sont d'un fini exquis.

97 — Vues de la Chapelle de Guillaume Tell, du Château de Chillon, de Genève et de Copet. Quatre charmants et rares dessins à la plume.

BOURGEOIS

98 — Deux Femmes en prière au pied d'une croix. Dessin au crayon lavé d'aquarelle.

CHARLET

99 — La Marchande de pommes. Très-belle aquarelle.

100 — L'Enseignement mutuel. Joli dessin à la plume, lavé d'aquarelle. (Copie d'après Chaplet.)

CHARLERON

101 — Marie Stuart marchant à la mort. Très-beau dessin à l'aquarelle.

CORRÈGE (ANT.)

102 — Enfant endormi. Joli dessin à la sanguine.

— Jeune homme assis, autre dessin, même exécution.

CORTONE (PIERRE)

103 — Une Sainte Famille. Beau dessin à la plume, lavé de sépia.

DE FLEURY

104 — Vue près d'Angers, sur la Maine. Aquarelle.

105 — Vue près d'Angers, avec moulin et phares. Aquarelle.

106 — Vue d'Angers, prise de l'île Saint-Jean. Aquarelle.

107 — Vue du Pont de Ligny, près d'Angers. Belle épr.

DYCK (A. VAN)

108 — Le Christ sur la croix. Deux autres compositions de sujets sacrés. Trois dessins à la sanguine.

DIETRICH (Attribué à)

109 — Le Christ visitant des prisonniers. Dessin à la sanguine.

EISEN (Charles)

110 — Une Forteresse prise d'assaut. Joli petit dessin à la mine de plomb. (La gravure est jointe).

FERGOLA

111 — Deux très-beaux dessins, éventails, peints à la gouache, sur vélin.

GOBAUT

112 — Vue de la vallée de la Seine. Aquarelle.

GATTA (Xavier-Della)

113 — Paysans et paysannes des Abruzes, en habits de gala. Quatre beaux dessins à l'aquarelle.

114 — Sept autres beaux dessins.

114 bis — Paysans et paysannes napolitains, exécutés de la même manière que les précédents. (Sera divisé).

GRAVELOT (Henri)

115 — Jésus remettant les clefs à saint Pierre, en présence des apôtres. Joli dessin à la plume, lavé d'encre de Chine.

GUERCHIN

116 — Suzanne et les Vieillards. Très-beau dessin à la plume, lavé de sépia. (Peu conservé.)

117 — Portrait d'une jeune dame tenant une fleur. Beau dessin à la plume, lavé de sépia.

GUERCHIN

118 — Une feuille d'Études de têtes. Dessinées à la sanguine.

119 — L'Incrédulité de saint Thomas. Deux compositions différentes, à la pierre noire.

120 — Le Portrait du Guerchin. Dessin à la plume, lavé de sépia. (On y joint le fac simile.)

121 — Son Portrait par lui-même. Beau dessin à la plume. — Un autre petit dessin qui lui est attribué. Deux pièces.

122 — Un Vieilllard et ses deux enfants. Beau dessin à la plume, lavé de sépia.

— Deux Trophées sur une même feuille. Plume et sépia. Trois dessins.

123 — Un Ermite en méditation. Beau dessin à la sanguine

HARDING ET PROUT

124 — Monuments et ruines de Rome. Quatre charmants dessins à l'aquarelle.

INCONNU

125 — Un saint personnage faisant l'aumône à des pauvres. Dessin à la plume, lavé d'encre de Chine.

JANSON

126 — Costumes brésiliens, hommes et femmes. Quatre dessins à l'aquarelle.

LAFAGE (Raymond)

127 — Seize dessins à la plume et à l'encre de Chine, sur trois feuilles.

LALLEMAND (attribué à)

128 — Vue de Dijon. Joli dessin à l'aquarelle.

LAPORTE

129 — Paysage avec fabriques et animaux. Joli dessin à l'encre de Chine rehaussé de blanc, sur papier bleu.

129 bis — Un autre joli dessin, exécuté de la même manière que le précédent.

LEPRINCE (J.-B.)

130 — Petites filles bernoise et genèvoise. Deux jolis dessins, lavés à l'aquarelle.

LESUEUR (attribué à E.)

131 — L'Adoration des Bergers. Beaux dessins au crayon, lavé de sépia.

132 — Madeleine pénitente. Beau dessin, au pinceau, à la sépia, lavé de blanc. Ces deux dessins sont attribués à Lesueur.

133 — Etude d'Apôtre, à la sanguine.

LIBERI ET TINTORET

134 — Tête et études diverses, à la plume et au bistre. Trois dessins.

MABUSE (JEAN DE)

135 — Les Pères de l'Église. Très-beau dessin à la plume, rehaussé de bleu et de blanc.

MONTÉGNA

136 — Tritons et Néreïdes. Beau dessin. Bas-relief, exécuté à la plume, lavé de bistre.

MARILLIER

137 — Un joli dessin à l'encre de Chine. Composition pour un des romans de Voltaire.

MOINE (Antonin)

138 — Joli paysage au crayon, lavé de sépia.

MURILLO

139 — Immaculée Conception ; deux anges portant les attributs de la Passion. Trois dessins à la plume, lavés de sépia.

NICOLLE (genre de)

140 — Vues de Rome. Quatre charmantes aquarelles, peintes sur vélin.

PATEL

141 — Télémaque et Mentor. Gouache sur vélin.

PÉRELLE

142 — Paysage avec figures et animaux. Beau dessin, lavé d'encre de Chine.

PERIN DEL VAGA

143 — L'Adoration des Rois, et sujet mythologique. Deux dessins à la plume, lavés de sépia.

PRIMATICE

144 — Un bas-relief composé de vingt figures, sujet mythologique. Beau dessin exécuté à la plume, lavé de sépia.

PROUT (attribué à)

145 — Vue prise aux environs de Brighton, pêcheurs se préparant pour le départ. Charmante petite gouache.

REMBRANDT, L. CARRACHE, F. PAYEN, ETC.

146 — Quatre dessins à la plume, lavés de bistre.

ROSSO

146 bis — Amphitrite. Beau dessin à la plume, lavé de sépia. Il a été gravé par Caraglio.

ROOS (D'ITALIE.)

147 — Le berger et sa famille. Deux autres dessins, par Emskerke, etc. Trois pièces.

RUBENS (P.-P.)

148 — Tête d'enfant, étude à la sanguine.

— Jeune homme couché et endormi. Autre étude, exécutée de la même manière que le précédent.

149 — Vierge et Enfant Jésus. Dessin à la sanguine (Ecole de Rubens).

— Un autre dessin, étude à la plume. Deux pièces.

SALVATOR ROSA

150 — Un paysage avec figures et animaux. Dessin à la sanguine.

Un autre dessin, attribué à Van Goyen. Deux pièces.

SANSOVINO

151 — Un sujet mythologique, exécuté pour un fond de plateau. Très-beau dessin, exécuté à la plume et lavé de sépia. Vasari (édit. de Le Monnier, Florence, 1859), parle de ce dessin.

SCARSELLINO (DE FERRARE)

152 — Les Pestiférés. Portrait de Philippe Strozzi, attribué à Vasari. Trois dessins à la plume, lavés de bistre.

SOLIMÈNE

152 bis. — Saint Pierre-ès-Liens, Vierge et Enfant Jésus. Deux dessins à la plume, lavés de sépia.

TASSAERT

153 — Le Coucher. Dessin à la sanguine.

154 — Le Lever id.

TEMPESTA (ANT.)

155 — Rome triomphante. Très-beau dessin à la plume, lavé de sanguine.

— Un autre dessin, le Sommeil de Jésus. A la pierre noire, sur papier bleu.

TEMPESTA, GRAVELOT, ETC.

156 — Trois dessins à la plume, lavés de sépia.

TITIEN, CORTONE ET MATHEO POCELLI

157 — Tête d'études et croquis divers, de la collection J. Reynoldi.

TITIEN ET ZUCCHERO

158 — Un Apôtre, et deux autres beaux dessins au pinceau, lavés d'aquarelle, avec autographe. Trois pièces.

VAN DYCK (école de)

159 — Un sujet mythologique. Beau dessin au crayon, lavé d'encre de Chine.

159 bis. — Un autre dessin, copie d'après Le Guerchin. Deux pièces.

VELDE (J. Van de)

160 — Patineurs sur l'Escaut, vue d'un village aux environs d'Ostende. Deux dessins, lavés d'aquarelle et d'encre de Chine.

VÉRONÈSE (Paul) et TIEPOLO

161 — Deux dessins à la plume, lavés de bistre.

WIERIX (Antoine)

162 — Diverses compositions pour titres de livres. Cinq dessins à l'encre de Chine, par Wierix, etc.

ZUCCHERO

163 — Le Joueur de flûte. Beau dessin aux crayons de couleurs (Collection Lagoy).

164 — Huit petites vues représentant des effets du Vésuve, aux environs de Naples. Charmantes petites gouaches.

165 — Châteaux, ruines et cascades diverses. Quatre petites gouaches de la plus grande finesse d'exécution.

166 — Vues de Naples et des environs. Sept petites gouaches.

167 — Trois dessins d'une étonnante finesse. Vues et cascades, en Suisse et en Italie. Délicieuses petites gouaches.

168 — Costumes suisses et portraits des plus belles femmes des divers cantons. Dix-huit pièces coloriées avec le plus grand soin. Un vol. in-folio, par Lory.

ZUCCHERO

169 — Portrait de Napoléon Ier. Beau dessin à l'aquarelle et à la gouache.

170 — Quelques bons dessins par des maîtres italiens et français, ainsi que les articles omis, seront vendus sous ce numéro.

171 — La Prise de Thionville, par Le Pautre, gr. in-folio sur vélin.

Renou et Maulde, imprimeurs de la Compagnie des Commissaires-Priseurs, rue de Rivoli, 144. 3111

www.ingramcontent.com/pod-product-compliance
Lightning Source LLC
LaVergne TN
LVHW052019160826
845678LV00003B/1115

* 9 7 8 2 3 2 9 6 4 3 7 3 1 *